RECUEIL

DE QUELQUES PIÈCES

DE LITTÉRATURE,

EN PROSE ET EN VERS,

Par Cerutti

RECUEIL

DE

QUELQUES PIECES

DE LITTÉRATURE,

EN PROSE ET EN VERS.

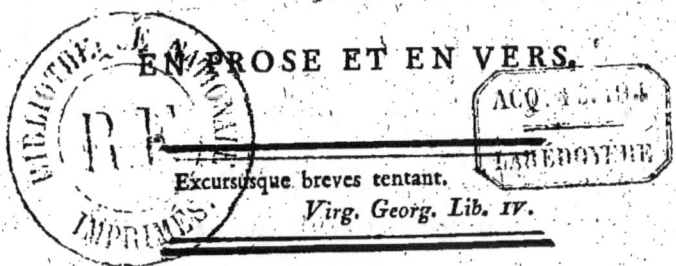

Excursusque breves tentant.
Virg. Georg. Lib. IV.

A GLASCOW,

Et se trouve à PARIS,

CHEZ PRAULT, IMPRIMEUR DU ROI,
quai des Augustins, à l'Immortalité.

1784.

AVIS DE L'ÉDITEUR.

JE réunis dans ce petit Recueil littéraire trois Opuscules que je possédois manuscrits.

Le premier contient une sorte de dissertation épistolaire sur une épitaphe découverte récemment. Cette dissertation fut écrite pour moi; j'y ai trouvé des observations neuves et intéressantes sur les monumens antiques, sur les monumens funèbres, sur les langues et sur le style.

Le second est un portrait historique en vers du Charlatanisme. Ce petit poëme a déjà couru manuscrit ; mais en passant de main en main, il a été défiguré.

Enfin le troisième est un pur jeu d'esprit. C'est un petit poëme sur les Échecs fait pour répondre à un défi. On défioit la

A ij

Poësie Françoise de décrire noblement et sans sécheresse un jeu dont les termes sont si familiers et les combinaisons si arides, quoique fort étendues.

On reconnoîtra dans ces trois Opuscules un Auteur qui, occupé d'ouvrages considérables, porte dans les moindres choses échappées à sa plume, cette fécondité ingénieuse par où il se distingue.

En faisant paroître ce Recueil, on croit servir le Public, et ne pas trahir l'amitié.

L. M. D. M.

DISSERTATION

EPISTOLAIRE

SUR

LES MONUMENS ANTIQUES

ET LES MONUMENS FUNÈBRES,

SUR LES LANGUES ET SUR LE STYLE;

A l'occasion d'une Epitaphe Grecque, découverte récemment.

Graïis ingenium, Graïis dedit ore rotundo
Musa loqui.

HOR. Ars Poët.

DISSERTATION

EPISTOLAIRE.

JE vous envoie, mon cher ami, l'épitaphe grecque dont je vous ai parlé, et que vous me demandez avec tant d'instance. Elle peut intéresser par sa tournure et par son antiquité ; elle étoit gravée sur une pierre sépulcrale que l'on déterra dans une fouille faite à Naples en 1756. M. le Comte de Firmian, alors Ambassadeur de Vienne auprès du Roi de Naples, la fit transcrire pour le célèbre Métastase qui la traduisit en vers italiens. Je l'ai traduite d'après lui en vers françois, mais en usant de la liberté que le goût autorise. Un Poëte qui compose dans une langue, modifie sa pensée de la manière la plus favorable à cette langue ; un Poëte qui traduit dans la sienne, doit modifier de même sa traduction.

Ἄγγελε Φερσεφόνης Ἑρμῆν τίνα τον δε προπέμπεις
Εἰς τον ἀμείδητον ταρταρον Ἀιδεω ;

A iv

Μοῖρά τις ἀεικέλιος τὸν Ἀρίσων ἥρπασ᾽ ἀπ᾽ αὐγῆς
Ἑπταετῆ μεσσος δ᾽ ἐςὶν ὁ παῖς γενετῶν.

Δακρυχαρὴς Πλούτων ὃυ πλήρεα πάντα Βροτεῖα
Σοὶ γέμεται; τὶ τρυγᾶς ὀμφακας ἡλικίης.

TRADUCTION ITALIENNE.

IL POETA.

Chi della Dea d' Averno
Mercurio messaggier, del cieco mondo
Chi mai conduci al mesto orror profondo !

MERCURIO.

Di sette anni Aristone,
Dalla barbara Parca al dì rapito ;
Che in mezzo a genitori è quì scolpito.

IL POETA.

Ah, se di ciò che nasce
La matura vendemmia a te si serba,
Pluto crudel ! perche la cogli acerba ?

TRADUCTION FRANÇOISE.

LE POETE.

O Messager du Dieu qui règne sur les ombres,

Dis-moi, qui conduis-tu dans les royaumes sombres?

M E R C U R E.

Ariston par la Parque , à sept ans, enlevé ,
Et qu'au milieu des siens tu vois ici gravé.

L E P O E T E.

Si lorsqu'un fruit est mûr la Parque le dévore ,
Pourquoi cueillir, hélas ! un fruit si verd encore * ?

Vous me pressez de joindre à cette épitaphe
les observations moitié philosophiques , moitié
grammaticales , qui me vinrent sans suite et sans
ordre à ce sujet : je vais les écrire et les déve-
lopper : je vais donner de l'étendue à mes idées,
puisque vous leur donnez de l'importance.

I.

En déterrant le moindre écrit de l'ancienne
Grèce, on croit déterrer un trésor. Pourquoi ce
respect idolâtre ? Il est fondé en raison. Le génie
grec fut sans contredit le premier génie du

---

* Il y a dans le grec mot à mot: Pluton, ami des pleurs,
puisque tu es sûr de vendanger la vigne lorsque le raisin est mûr,
pourquoi le cueillir lorsqu'il est verd?

monde. Né sous la plus douce température,
élevé sur le sol le plus libre, et fortement or-
ganisé, il prit tout son accroissement et déploya
toute sa puissance. Il possédoit une chaleur naturelle, exempte de l'effervescence méridionale ;
une grandeur mesurée qui n'avoit rien de l'en-
flure asiatique ; une souplesse vigoureuse bien
éloignée de la rudesse des Barbares. Créateur
en tout genre, il s'animoit à la vue de ses créa-
tions. L'esprit imitateur n'abâtardissoit point ses
ouvrages ; de serviles bienséances ne lioient aucun de ses mouvemens ; il combattoit tout nud
ainsi que les athlètes. La manière antique a donc
un véritable avantage sur la moderne ; elle est
grande et simple, originale et pure. Mais en
accordant aux Anciens cette supériorité réelle,
nous leur prêtons encore une supériorité imaginaire. Quoique la Nature ait toujours été la même,
on se la représente plus jeune, plus vierge dans
les premiers siècles ; on se la figure en même
temps plus robuste et plus féconde : les Anciens
l'ont vue dans sa fraîcheur et son innocence ;
ils ont participé à son énergie, et présidé avec

elle à la formation des arts. Dans chaque carrière
ils se montrent les premiers : l'homme qui marche à la tête d'une armée, semble réunir la force
de tous ceux qui le suivent. A l'admiration et à
l'enthousiame se joint une sorte de reconnois-
sance. Le moindre reste des Anciens fait partie
de l'héritage qu'ils nous ont laissé, et que le
temps nous restitue. C'est leur dépouille que
nous retirons de terre ; elle vient augmenter
notre opulence ; nous nous regardons comme
leurs successeurs et leurs élèves ; nous considé-
rons avec une tendresse filiale leurs idées, ainsi
que leurs bustes. Cette tendresse, cette recon-
noissance va jusqu'à la superstition. Tout monument devient sacré, en devenant antique : ses
années sont des titres, ses siècles des triomphes ;
on adore ses débris ; plus ils sont mutilés,
plus ils sont imposans ; échappés aux révolutions,
ils montrent à la postérité leurs vénérables cica-
trices : leur longue vieillesse ressemble à l'immortalité.

I I.

Si le tems a consacró les monumens antiques,

il a sanctifié les monumens funéraires. Recom-
mandés par la Nature, par l'humanité, par la
miséricorde universelle, ils impriment un intérêt solemnel et une sorte de piété mélancolique.
Ils forment une branche d'érudition instructive
à la fois et touchante ; ils servent à rapprocher,
à renouer la chaîne sociale qui lie toutes les générations. Par eux nous remontons aux époques
les plus reculées ; par eux nous embrassons toutes
les races : ce sont des témoins placés de distance en distance sur le chemin de la vie, pour
attester au monde que l'homme a passé par-là.

I I I.

A l'aspect d'un mausolée les sens se recueil-
lent : on lit l'inscription tracée en l'honneur du
mort qu'il renferme ; on croit assister à ses
derniers momens ; on s'attendrit sur lui, sur soi ;
on s'enfonce dans le passé, dans l'avenir : perdu
dans ces abymes, on soulève en tremblant le
voile redoutable qui couvre tant de siècles et
qui touche au nôtre.

I V.

Ne croyez pas que l'homme civilisé soit seul

susceptible de ces impressions pathétiques. Voyez
le Sauvage : intrépide au combat, terrible en ses
vengeances, froid dans ses amours, tyran dans
sa famille, vient-il reconnoître le monument in-
forme sous lequel repose son semblable ? il
s'arrête ému, il baisse un œil pensif, il arrose
de pleurs la pierre solitaire sur laquelle il s'in-
cline, il ne peut s'en détacher. Vous connoissez
la réponse de ce Caraïbe qui, invité avec les
siens à s'établir dans une région étrangère, s'écria :
Comment nous séparer de la terre qui garde
nos ancêtres ? Dirons-nous à leurs ossemens de
se lever et de nous suivre ?

V.

Si les idées funèbres rendent les Peuples sauvages éloquens, elles les rendent aussi Poëtes.
Leurs chansons amoureuses, leurs cantiques
guerriers, leurs idylles agrestes parlent de mort ;
leurs Muses sont toujours en deuil. Vous avez
lu les poësies Erses : à chaque page on voit ap-
paroître des fantômes errants dans les nuées, va-
cillants au clair de la lune, murmurants dans le
feuillage, soupirants au fond des cavernes. L'ima-

gination du Barde se plaît dans la société des ombres : elle plane à leur suite au-dessus des tombeaux.

V I.

L'épitaphe sur laquelle je m'étends ici à la manière d'Young *, est composée en forme de dialogue entre le Poëte et Mercure. Vous savez que ce Dieu avoit le triste emploi de conduire les morts jusqu'aux rives de l'Achéron. Là le vieux Nocher les attendoit pour les passer sur sa barque fatale. Nouvelle preuve que la mythologie des Grecs étoit une production de l'Egypte. Mercure avoit été le fondateur, le patriarche des Hyérophantes. C'est en son nom qu'ils accompagnoient les morts jusques dans l'isle consacrée à les juger. Leurs pyramides, leurs momies,

---

* Dans le désespoir d'avoir perdu sa fille, Young semble vouloir étendre un drap mortuaire sur le monde entier, et présentant l'image du trépas sous toutes les formes les plus lamentables, il finit par nous y rendre insensibles. Il fait sur nous l'effet des cloches funèbres dont le son lugubre et monotone attriste sans attendrir. La mélancolie n'a rien de plus touchant en elle que son silence. Le Tasse l'a dit : *Più si move il silenzio e meno il pianto.*

leurs initiations, tout annonce l'empire funèbre qu'ils exerçoient. Ils s'étoient emparés de tout, du ciel par l'Astronomie, de la terre par la Géométrie, des enfers par la Religion. Plus on creusera dans les antiquités égyptiennes, plus on y decouvrira les fondemens des anciennes croyances. La superstition semble être née du limon du Nil et du soleil d'Afrique.

V I I.

On aimoit beaucoup dans l'antiquité la forme du dialogue. C'est de toutes les manières d'écrire la plus naturelle. Platon s'en servit de préférence pour faire monter les esprits à la hauteur du sien. Cette tournure dramatique donne du mouvement au style. Il s'élève, il s'abaisse selon le génie des interlocuteurs. Les objets de spéculation descendent au niveau de la conversation ordinaire, et les grandes vues sont exposées à l'esprit le plus simple. La dispute met aux prises la raison et le préjugé, l'enthousiasme et la raillerie. D'une discussion froide elle fait une scène animée : elle force l'imagination de prendre garde à elle, lui donne des spectateurs et des juges, et l'accoutume enfin à être modérée dans ses écarts et flexible dans ses opinions.

V I I I.

Le Poëte Grec n'a pas manqué , en traçant la mort d'un fils , d'indiquer la douleur du père et de la mère. Ce sont les larmes d'un père, les larmes d'une mère qui donnent tant de prix à l'urne d'un enfant. Sa perte est la perte de l'espérance. C'est un attentat du destin contre la Nature. Il renverse l'ordre des familles. Cela me rappelle cette expression touchante de Sénèque : *Les funérailles d'un fils sont toujours préma-turées, lorsque la mère y assiste.* Et cette ex-pression encore plus touchante de Périclès, lors-que déplorant la jeunesse Athénienne qui avoit péri dans une bataille , il dit : *L'année a perdu son printems.*

I X.

En traduisant les deux derniers vers , j'ai cru devoir substituer à l'image trop familière des *raisins*, celle des *fruits* qui a conservé parmi nous plus de noblesse. Dans une langue morte, les expressions sont à-peu-près égales, aucune du

moins

moins n'a une prééminence sensible pour nous.
Les termes nobles, les termes roturiers sont
confondus en partie sous le voile de l'antiquité.
Il n'en est pas de même d'une langue vivante ;
une subordination rigide y est observée. Le style
grossier du peuple, le style poli des gens du
monde, le style exercé des auteurs de profes-
sion, le style des cours, des capitales, des pro-
vinces, ont chacun leur rang séparé. Si quelquefois ils traitent ensemble, il est rare qu'ils
se mêlent. Autant notre oreille est charmée de
l'alliance heureuse des mots, autant elle s'indigne
de leur mésalliance. Elle ne pardonne guères au
génie de se trop familiariser, à moins que ce
ne soit pour braver un instant la tyrannie de
l'usage, ou pour mieux imiter la chûte d'une
grande chose à une petite, et l'élévation d'une
petite à une grande. Ainsi Bossuet, voulant
peindre l'abaissement des arts devenus les vils
manœuvres du luxe, dit: *Tous les arts suent
pour son service.* Montesquieu de même, pour
exprimer les progrès cachés, mais rapides de
l'autorité, nous la représente *avançant une*

main pour nous protéger, et bientôt nous accablant avec mille.

X.

Le respect qui augmente sans cesse en raison des distances, relève infiniment dans une langue ancienne la valeur idéale des expressions. L'éloignement alors fait disparoître les nuances véritables, et l'admiration distribue à son gré les nuances imaginaires. Grace à cette perspective si favorable, les impropriétés du style s'effacent, les aspérités s'adoucissent, et de grandes négligences nous paroissent quelquefois de grandes recherches *. Le lointain arrondit les formes et embellit les ruines.

X I.

Ce que je viens de dire n'empêche pas que les langues savantes n'abondent en mots composés, en tournures vives, en inversions rapides, en

---

* Tite-Live nous paroît d'une élégance extrême. Cependant tout le monde sait que de son tems on lui reprochoit la *Patavinité* de son style. Nous trouvons les lettres de Sénèque écrites avec affectation : son ami Lucilius les accusoit de n'être pas assez soignées ; *minus tibi accuratas à me epistolas mitti quereris. Epist. 75. Senec.*

sons imitatifs que les nôtres désespèrent de rendre. On peut défier tout le peuple infatigable des Traducteurs de bien exprimer l'*os magna sonaturum et mens divinior* d'Horace ; l'*integra brevitas* de Quintilien ; le vers de Virgile : *Tandem liber equus campoque potitus aperto* ; celui de Stace : *Absentem ferit ungula campum* ; celui de Juvénal : *Sævior armis luxuria incubuit* ; la phrase de Pline sur les Esséniens : *Gens æterna in quâ nemo nascitur* ; celle de Sénèque sur l'incendie de la ville de Lyon : *Una nox interfuit inter urbem maximam et nullam* ; et, si j'ose le dire, la moitié de Tacite, chez lequel règne cette précision étendue qui, concentrant la lumière, occupe un petit espace et en éclaire un grand.

X I I.

Les écrivains de l'antiquité, comme vous avez pu le voir dans ce petit échantillon, ne rejettoient jamais une métaphore neuve et hardie, quand elle étoit juste et pittoresque; ce qui semble excuser quelques littérateurs modernes qui, pour enrichir leur style, empruntent, sans assez

B ij

de retenue, celui des nouvelles découvertes. En effet, la portion naturelle du langage, dont l'éloquence simple et le goût pur s'accommodent, est bientôt épuisée par les premiers écrivains qui s'en emparent. Que faire alors ? Ce que l'on fait pour les terres usées, y apporter de la terre neuve, ou remuer l'ancienne à de grandes profondeurs.

XIII.

Les figures qui animoient le style des bons écrivains d'Athènes et de Rome, naissoient de leur manière vive de sentir. Quand l'imagination est fortement émue, tous les objets analogues à celui dont elle est frappée, viennent se placer devant elle. Lisez les poëtes et les orateurs, vous verrez par-tout l'image à côté de la sensation. Achille renversant les héros de la Phrygie est la tempête qui abat les chênes les plus élevés de la montagne. Otez Dieu de la Nature, disoit Cicéron, vous ôtez le soleil du monde *.

---

* Le Lord Shaftesbury a une pensée encore plus touchante sur Dieu : Sans lui, dit-il, le monde est orphelin.

Caton inébranlable, tandis que tout succombe autour de lui, nous est représenté, debout, au milieu des ruines publiques, tel qu'une colonne qui domine encore l'édifice qu'elle n'a pu soutenir. Voyez-vous Pompée abandonné par la fortune, mais défendu encore par la renommée ? C'est, dit Lucain, un arbre antique détaché de la terre par ses racines, attaché à la terre par sa masse. Sénèque compare le Sage qui, intimidé par l'opinion, se détourne devant elle, à un général d'armée qui se troubleroit à la vue d'un nuage élevé par un troupeau *. La flatterie qui s'occupe à corrompre les rois, corrompt par eux la source de tous les biens : C'est, dit un poëte, le serpent qui empoisonne les sources publiques. Cette conformité de pensées et d'images rend le style plus éclatant, et plus expressif ; l'idée, prenant un corps visible, se colore, se meut, et s'agrandit par lui ; elle se montre tout à la fois dans l'objet qui lui appartient et dans l'objet qui lui ressemble.

---

* L'Auteur de Dom-Quichotte s'est servi de cette idée, et il en a fait un des combats de son héros.

XIV.

Les métaphores sont les synonymes de l'imagination. Chacun de ces synonymes a sa nuance distincte. On se méprendroit de couleur en prenant l'un pour l'autre. Les imaginations ardentes dédaignent cette loi : supprimant les nuances intermédiaires, elles préfèrent un coloris dur et tranchant à un coloris mieux gradué, mais plus foible : aussi le goût est-il sévère et inexorable pour elles : il est pour ainsi dire leur persécuteur : il calomnie leurs plus nobles mouvemens ; il voudroit qu'elles fussent timides dans leur hardiesse et mesurées dans leur emportement. C'est ainsi que dans les combats sanglants du cirque on exigeoit du gladiateur mourant de tomber avec grace et d'expirer selon les loix de la gymnastique.

XV.

Une métaphore n'a jamais plus d'effet que lorsqu'elle sert de repartie inattendue et qu'elle répond juste : Je viens, disoit Thémistocle aux habitans d'Andros qu'il vouloit mettre à contribution, je viens accompagné de deux divinités puissantes, la persuasion et la force. Nous avons, répondirent ces insulaires, deux divinités qui ne le sont pas moins, la pauvreté et le courage. Catilina, instruit que sa conjuration étoit découverte, et que tous les esprits étoient en feu, s'écria : J'éteindrai l'incendie sous les ruines. Les Rebelles, disoit-on à Charles premier, seront touchés en voyant votre tête blanchie dans l'infortune : Ils n'y verront, répondit-il, qu'une tête découronnée. Charles second, son fils, disoit au Chevalier Temple : L'argent me donnera la clef du Parlement : La défiance, répondit le Chevalier, y mettra des verroux*. En parlant des Chinois, si attachés à leurs anciennes institutions et si contraires aux nouvelles, quelqu'un disoit à feu Monseigneur le Dauphin, que ce peuple étoit un vieillard vénérable qui n'apprenoit rien dans sa vieillesse : Oui, dit ce prince, mais qui

---

* Il en fit la triste épreuve. Lorsqu'il eut aliéné les esprits, rien ne put les ramener ; il eut beau dissoudre plusieurs parlemens pour se défaire des chefs qui lui étoient contraires, l'élection suivante les reproduisoit sans cesse.

B iv

n'a rien oublié de son enfance *. Voltaire, à qui

On disoit devant le même prince que la France, pour s'arrondir, auroit besoin encore de quelques états: Oui, répondit-il, des Etats-généraux. On raisonnoit devant lui du projet d'une banqueroute générale. Celui qui la conseilleroit, dit-il, seroit aussi coupable que celui qui conseilla la Saint-Barthelemi: il jetteroit la moitié du royaume dans la misère et l'autre moitié dans la terreur; il anéantiroit la foi publique et l'honneur du Souverain; il commettroit le plus horrible attentat sur la génération présente, et donneroit le plus funeste exemple aux générations futures: enfin il seroit le plus grand criminel qui eût existé depuis la Monarchie.

Feu Monseigneur le Dauphin avoit en politique et en littérature des lumières supérieures, des notions rares. Je puis et j'ose en rendre témoignage. Vous savez qu'il m'honoroit de fréquens entretiens. Je ferois un volume des idées excellentes que j'ai retenues de lui. Il disoit que la véritable cour d'un roi étoit les hommes utiles à l'état; que l'économie étoit la seule ressource des temps de disette et la seule richesse des tems d'abondance; que la profusion étoit la plus grande calamité d'un règne, parce qu'elle consumoit le présent et l'avenir; que dans les Conseils, on parloit toujours du bien des Peuples et de celui du Roi comme s'il y avoit deux biens publics; que chaque besoin augmentoit les impôts, et chaque impôt augmentoit les besoins; que les récompenses devoient être ménagées ainsi que le trésor public, et n'être versées qu'à propos comme des pluies douces; que la gloire littéraire d'une Nation étoit son meilleur commerce et sa plus noble conquête; que les gens de lettres perdoient leur rang en sortant de leur état; que le goût se corrompoit plus par les mauvaises sociétés

l'on reprochoit de plier, dans son Histoire universelle, les faits à ses opinions, s'écria : Je ne
les plie pas, je les redresse.

X V I.

Chez les Anciens on divisoit le style, en
simple, tempéré et sublime. Les trois styles,
distingués parmi nous, sont le style pur, le style
brillant, le style énergique. La pureté du langage dépend de la noble réserve des ornemens,
et de l'observation délicate des convenances;
le style brillant, de la richesse des idées principales et du cortège pompeux des idées acces-
soires; le style énergique, de l'audace des expressions, de la rapidité des mouvemens. Ce
dernier style a un grand inconvénient; il est
sans cesse entre le sublime et l'exagéré.

---

que par les mauvais livres; que l'esprit françois étoit composé de
grace et d'enthousiasme, et qu'après avoir pris toutes les formes
étrangères il reviendroit toujours à lui-même; que tous les peuples
avoient un bon et un mauvais génie, et que le grand art des lé-
gislateurs et des administrateurs étoit de favoriser le premier et de
combattre le second; que des cent voix de la Renommée, il y en
avoit quatre-vingt-dix à la calomnie, &c. &c.

X V I I.

Fénelon et Racine sont les deux meilleurs modèles du style pur. Tout deux pénètrent l'ame et enchantent l'oreille. L'harmonie du premier est plus naturelle, mais plus monotone. Celle du second plus variée et plus savante[*]. Celui-ci est le véritable peintre du cœur humain, celui-là en est le véritable ami. Avant Fénelon, le zèle de l'humanité étoit un déclamateur chagrin et violent : il est le premier qui ait plaidé avec candeur et avec grace la cause des Peuples. Avant Racine, l'amour étoit un jargon métaphysique, et l'héroïsme un jargon romanesque : il est le premier qui ait parlé naturellement et correctement la langue des héros et des passions.

X V I I I.

Voltaire et Buffon sont les deux meilleurs modèles du style brillant. L'un a toute la pompe,

---

[*] Tous deux ont un art admirable pour lier, pour séparer, pour suspendre, pour terminer la phrase; mais en la terminant, Racine fait sortir sa pensée, et Fénelon la laisse quelquefois tomber. On avoit observé la même différence à Rome entre Cicéron et Pollion : *Apud Ciceronem omnia desinunt, apud Pollionem cadunt.*

toute la majesté de la Nature ; et comme elle,
il est grand, sans être démesuré. L'autre a presque épuisé les trésors inépuisables de l'art, du
monde, de la Philosophie, prenant, comme eux,
toutes les formes qui peuvent plaire, et n'affec-
tant rien que d'être universel *. Voltaire, ennemi de tout système, s'arrête où finit la lumière.
Buffon, plus hardi, s'élance au-delà et se fait
jour dans les plus épaisses ténèbres. Tous deux
ont affranchi l'esprit humain, l'un de ses chaînes,
l'autre de ses bornes, et l'on peut appliquer à

---

* Une femme de beaucoup d'esprit accuse Voltaire de monoto-
nie. Tous ses admirateurs, dit-elle, prétendent reconnoître ses ouvrages à son cachet. Ce cachet, selon elle, est celui de l'uniformi-
té. Rien n'est moins juste. Le génie imprime son cachet sur les
écrits, de même que chaque peintre imprime sa maniere dans ses
tableaux. La manière de Raphaël, celle du Corrège, celle de Ru-
bens servent à les distinguer, à les rendre originaux, et non à les
rendre monotones. La physionomie d'un homme peut exprimer les
passions les plus opposées, sans cesser d'être un instant reconnois-
sable : on peut dire en ce sens que Garrick, en conservant toujours son visage, avoit un visage universel. Qu'il me soit permis à
ce sujet de déplorer la manie de notre tems. L'esprit contempteur
est devenu l'esprit public, et l'on entend de tous côtés donner
hautement des démentis à la gloire.

tous deux, mais dans un sens différent, ce beau
vers d'Ovide : *Os homini sublime dedit cœlum-
que tueri.*

X I X.

Les deux meilleurs modèles du style énergique sont Montesquieu et Rousseau. Rousseau a
cette vigueur de coloris qui grossit merveilleuse-
ment les objets, Montesquieu cette vigueur de
trait qui les pénètre à fond. Dans celui-ci chaque
idée naît sur un principe, et dans celui-là sur
un paradoxe. L'un heurte de front toutes les opinions dominantes, l'autre les soumet à son empire. Montesquieu semble avoir étudié la politique au milieu du sénat de Rome, Rousseau du
haut des Alpes. Le premier défend la chose publique en dictateur sublime, le second en tribun
véhément. Lisez-vous l'un ? Vous croyez assister
à l'assemblée générale des Nations, et vous y
apprenez la sagesse qui peut tout rétablir. Lisez-
vous l'autre ? Vous croyez assister à une assemblée de conspirateurs républicains, et vous y
puisez l'audace qui peut tout renverser *. Au

---

* Le Peuple Anglois, dit Rousseau dans son Contrat social,

n'est libre qu'en élisant les Membres des Communes. L'élection faite, il est esclave, il n'est rien. C'est comme si l'on disoit qu'une épée cesse d'être une arme si-tôt qu'on la remet dans le fourreau. Le Peuple Anglois a montré assez souvent, quand on vouloit l'opprimer, qu'il savoit retirer l'épée et se défendre. Il faut distinguer l'exercice de la puissance et l'exercice de la liberté : un Peuple immense ne peut faire usage de sa puissance que dans les momens de l'élection; mais il exerce sa liberté dans ses discours, dans ses écrits, dans tous les momens de sa vie. L'effort de la puissance est momentané, et celui de la liberté permanent. Le Contrat social renferme plusieurs principes aussi exagérés que celui que je relève ici : qui le croiroit cependant ? il est des personnes qui mettent cet ouvrage à côté de l'Esprit des Loix. J'ai entendu quelquefois, disoit Montesquieu, comparer Charles XII à Alexandre : Charles XII n'étoit pas assurément un Alexandre, mais il auroit été son premier soldat.

Montesquieu a ses erreurs aussi. Dans la foule des citations il en hasarde d'inexactes. Quelquefois il s'abandonne à l'esprit de système, quelquefois aux saillies de son imagination. Il ne ménage pas assez les vues ordinaires, il ménage quelquefois trop les abus établis. En stipulant pour le bien des hommes, il semble quelquefois signer des conditions trop dures, ou laisser passer des obscurités dangereuses. Tant de circonspection l'a fait accuser de pusillanimité; mais il créoit une science toute nouvelle, et il écrivoit contre des préjugés bien vieux. Ses ménagemens d'ailleurs ne sont que des hardiesses détournées. S'il ne renverse pas l'arbre, il dépouille ses racines; et s'il ôte à la liberté quelques armes funestes, c'est pour n'en pas laisser à l'amour, de l'amitié, Rousseau agite et quelquefois dérange les fibres les plus sensibles de notre cœur; par la profondeur de ses idées, par l'étendue de ses systêmes, par l'ensemble imposant de ses connoissances, Montesquieu exerce et féconde toutes les facultés de notre entendement; l'un enflamme les têtes, et l'autre les mûrit.

X X.

Le nouveau Traducteur de l'Essai sur l'Homme *, dans son excellent Discours préliminaire,

---

la tyrannie. Quelques jeunes écrivains s'élèvent avec force contre la sage retenue de ce grand homme. Les jeunes gens prennent leurs passions pour des lumières; ils croyent que détruire c'est réparer; enfin ils aiment à bâtir sur les précipices.

* L'Auteur de cette Dissertation a lu en manuscrit une nouvelle Traduction de l'Essai sur l'Homme, faite par M. le Duc de Nivernois, et il lui a adressé les vers suivans.

Avec quel art Pope a chanté
Les vérités les plus sublimes!
Il a réuni dans ses rimes,
La profondeur et la clarté.

Il connut l'homme, il sut l'instruire;
Il mérita de rencontrer

parlant des modèles du style , n'ose compter parmi eux l'Arioste, ni le Tasse ; quoique jeune, il n'est pas fait pour être si réservé , et ce n'étoit pas le moment d'être si timide. L'honneur qu'il décerne à Pope sur le témoignage de l'Angleterre, il pouvoit l'accorder sur le témoignage de l'Italie à deux Poétes supérieurs à Pope , et supérieurs , de l'aveu de Voltaire , à tous les Poëtes modernes. L'Arioste a fait pour les siècles chevaleresques et pour le merveilleux de la féerie, ce qu'Homère avoit fait pour le merveilleux de la mythologie et pour les siècles héroïques: il s'est mis à la tête des imaginations nouvelles, comme l'autre à la tête des imaginations

Bolingbrocke pour l'inspirer ,
Et Nivernois pour le traduire.

Nivernois, en le traduisant,
Embellit encor son ouvrage.
Il ne travestit point un Sage :
Mais il le rend plus séduisant.

De l'Optimisme que l'on fronde
Lui seul devoit être l'appui ;
Tous ceux qui vivent près de lui
Se trouvent dans le meilleur monde.

anciennes. Quant au poëme de la Jérusalem dé-
livrée, soit par le caractère des héros, soit par
la beauté des épisodes, soit par le charme des
descriptions, soit par la contexture admirable du
plan, on doit le regarder comme le seul poëme
véritablement épique et même comme le seul
grand ouvrage régulier que les siècles passés, ou
présens, aient produit. Le dernier chant, en-
tr'autres, est le chef-d'œuvre de la poésie. Le
Poëte y déploie une grandeur, une magnificence,
une majesté qui met le comble à toutes les beau-
tés de son poëme. Il a l'air d'un Dieu qui
achève un monde.*

X X I.

Un homme qui pense toujours d'après lui,
M. du Buc, a défini le sublime ce qui ressemble
à tout et à qui rien ne ressemble. Cette défini-

---

* On reproche au Tasse quelques *concetti*. Je suis loin de les
approuver; mais j'ose affirmer que le grand Corneille, dont j'ad-
mire, tout comme un autre, le génie, a plus de ces *concetti*-là dans
ses meilleures tragédies que le Tasse dans tout son poëme. Pourquoi
donc Boileau a-t-il condamné ce dernier? C'est qu'il n'avoit pas eu
encore le tems de devenir ancien.

tion

tion paroît contradictoire, et cependant elle est exacte. Examinez, analysez tous les traits que l'on cite pour exemples du sublime, vous y trouverez quelque chose de simple qui ressemble à tout, et quelque chose d'unique à qui rien ne ressemble ✦.

X X I I.

J'ai dit que la réplique contribuoit à l'effet d'une métaphore : elle contribue de même à celui d'un sentiment. Elle lui donne une impulsion, une accélération qui doublent sa force. Un père qui préfère la mort de son fils à son dés-

---

✦✦ M. du Buc prétend que le seul moyen d'éviter les disputes de mots, c'est de les assujettir à la *police* des définitions. Je ne connois pas de police plus difficile à établir ; qui voudroit s'y soumettre ? Une pensée forte, un trait délicat frappe tout le monde ; mais on disputera sur la définition encore plus que sur le mot. Pourquoi cela ? Ceux qui ont peu d'esprit, ne voyent jamais les choses comme elles sont, et ceux qui en ont beaucoup, ne veulent jamais les voir comme les autres. La résistance devient plus invincible dans les choses qui regardent la sensibilité, l'imagination. L'une et l'autre sont ennemies des définitions, parce qu'elles se plaisent dans le vague. Elles sont comme ces propriétaires qui croyant étendre leurs possessions en étendant leur vue, abattent la muraille de leur parc, et usurpent des yeux tous les champs voisins.

C

honneur, est simplement un caractère noble :
placez ce sentiment en dialogue, comme dans
les Horaces : *Que vouliez-vous qu'il fît contre
trois ? Qu'il mourût*, il devient héroïque. Une
amante jalouse qui s'afflige de voir sa rivale
aimée, malgré une éternelle absence, est un caractère simplement passionné ; mettez ce sentiment en réplique, ainsi que dans Phèdre ; *Ils
ne se verront plus, ils s'aimeront toujours*, la
jalousie devient sublime. L'inattendu de la réponse et la précision du mot produisent cette
subite commotion qui nous avertit des grandes
choses.

Voilà bien des observations à propos d'une
épitaphe. J'ai un peu imité les Scholiastes qui
écrivoient des volumes sur une ligne, ou plutôt
j'ai imité nos conversations littéraires. Je me
suis abandonné au cours des idées. Je ne les ai
ni recherchées, ni rejettées. L'esprit, quand il
est avec ses amis, se promène *en long et en
large*. Je vous quitte pour ne pas divaguer plus
long-tems.

PORTRAIT HISTORIQUE

DU CHARLATANISME,

FAIT PAR LUI-MÊME

DANS UN MOMENT DE FRANCHISE,

Vides-ne ut cinædus digito temperet orbem?

PORTRAIT HISTORIQUE
DU CHARLATANISME.

JE suis le bâtard de la Fable,
Et j'ai fait fortune en chemin.
De moi sort la race innombrable
Qui trompe en cent façons le pauvre genre humain.
J'ai le ton emphatique avec un air capable,
J'excelle aux tours d'esprit, j'excelle aux tours de main.

Rien ne m'abat, rien ne m'arrête :
J'ai, pour créer de grands effets,
Plus d'art que de savoir, plus de front que de tête,
Plus de prestiges que de faits :
L'amour du merveilleux est un amour si bête !
Il voit ce que je dis et non ce que je fais.

Tantôt je marche solitaire,
Et tantôt la foule me suit.
Je m'enveloppe du mystère,
Et je m'environne du bruit :

C iij

Le bruit en impose au vulgaire,
Et le silence à l'homme instruit.

L'Egypte à mon pouvoir rendit le premier culte.
Je fondai, sous le nom d'Hermès,
Cette philosophie occulte
Que j'enseignai sans cesse et n'expliquai jamais.

Du séjour des Hyérophantes
Je volai sur le mont Ida :
J'appris la chasteté des prêtres Corybantes,
J'enlevai Ganimède et séduisis Léda.
C'est moi qui couvai l'œuf que Jupin féconda.

C'est moi que tous les Dieux prenoient pour interprète :
Minos, leur favori, m'appella dans la Crête.
Il avoit fait de justes loix ;
Pour les diviniser il emprunta ma voix ;
Je les fis arriver de la voûte éternelle :
Ma ruse n'étoit pas nouvelle,
Elle a réussi chaque fois.
Gnosse * admiroit alors un prodige plus rare :

---

* La capitale de la Crête.

Du fond du labyrinthe où le soupçon barbare
Tenoit emprisonné l'industrieux talent,
Dédale, au haut des cieux, parut avec Icare :
Je les suivis en l'air, et je dis en volant :
Le monde croira tout après ce vol brillant.

La Renommée en amusa la Grèce.
Ce Peuple étoit fin et moqueur,
Mais il m'aimoit avec tendresse :
L'imagination disposoit de son cœur.
Il accueilloit avec ivresse
Le philosophe et l'imposteur ;
Il fut l'ami de la sagesse,
Mais il fut l'amant de l'erreur.

De Delphes la Prêtresse antique
Me confia son temple et son pouvoir :
Doué de l'esprit prophétique,
Je faisois, à travers un voile énigmatique,
Luire les rayons de l'espoir.
L'espoir offre la seule image
Dont tout mortel soit enchanté :
C'eſt le seul bien que l'on partage
Sans choix, sans inégalité,

Et c'est le seul flateur, je gage,
Qu'ait jamais eu la pauvreté.

Corinthe, Argos, Mycène accouroient pour entendre,
Pour lire sur mon front les oracles divins :
Le Spartiate seul osa n'y rien comprendre ;
Il croyoit aux héros, et non pas aux devins.

Pour tenir tête à Démosthène,
J'allois sur la place d'Athène,
Du haut de la tribune, inspirer les rhéteurs.
Près du tonneau de Diogène
Je rassemblois les spectateurs.
Indigné de voir Anthisthène,
Épicure, Platon, environnés d'honneurs,
Je les représentai comme des suborneurs.

Chez le Vieillard de Cos * et le Dieu d'Epidaure **
Tout en courant je m'instruisis :
Trop près de la nature encore,
L'art étoit clair, simple et précis.
Pour m'illustrer je l'obscurcis.

---

* Hyppocrate.
** Esculape.

J'avois deux méthodes suprêmes :
Mon savoir étoit en systêmes,
Et mes guérisons en récits.

De Pythagore, un temps, je fréquentai l'école.
Sa morale étoit triste, et sa diète folle.
De nombres, de calculs, il hérissoit sa loi ;
Tant de géométrie embarrassoit la foi.
　　Je cherchai près du Capitole
　　Un théâtre plus fait pour moi.

　　Là, présidant aux sacrifices,
A l'ombre des autels, je cachai mes larcins.
　　Là, dominant sur les comices,
Je couvris de vertus d'ambitieux desseins.
　　Là, dirigeant les aruspices,
Je soumis aux oiseaux les vainqueurs des humains.
　　Là, consacrés par mes caprices,
Des poulets commandoient à l'aigle des Romains.

Mon art, long-tems après, éleva dans Médine
Ce pigeon qui, tout bas, conseilloit Mahomet :
Symbole des amours, il vola, j'imagine,
Au paradis charmant que l'alcoran promet.

J'ai béni l'étendard des armes ottomanes.

J'ai fait de la fatalité,

J'ai fait de la stupidité,

Les deux égides musulmanes.

Au palais des Muphtis j'ai pleine autorité;

Mais je suis moins en liberté

Au divan des Sultans, au harem des Sultanes:

L'un est à la terreur, l'autre à la volupté.

J'ai l'esprit de chaque royaume :

Changeant selon le siècle et selon les pays,

Je m'en vais débitant des reliques à Rome,

Et des nouveautés à Paris.

Autrefois Moliniste,

Ensuite Janséniste,

Puis Encyclopédiste,

Et puis Economiste,

A présent Mesmériste,

Attendant qu'un autre *isté*

Enfle bientôt ma liste,

Je reparois sans cesse avec des noms nouveaux,

Et ne fais que changer de place et de tréteaux.

Dans le siècle passé je redoutois Molière :

· A son nom encor je frémis. ·

Dans le siècle présent je redoutois Voltaire,

Rousseau, sans le vouloir, étoit de mes amis.

Au sénat d'Albion, je joue un très-grand rôle.

Mon zèle, au Peuple, au Roi, se vend le même jour.

  Puissant d'intrigue et de parole,

  Je suis Cromwel, Chatam, Walpole,

Je suis Catilina, Cicéron tour-à-tour.

A l'Amérique Angloise, encore un peu sauvage,

Je n'ai pu jusqu'ici faire accepter mes dons :

  Mais j'en espère davantage

Depuis que le Congrès invente des cordons.

Des Papes quelquefois je colorai les bulles.

J'ai souvent embelli les récits des héros.

  De nos Contrôleurs généraux

  Je tourne aussi les préambules.

Je dicte à nos Prélats de pieux Mandemens,

  Des discours aux Académies :

 Sans être ému, j'ai de grand mouvemens;

Pompeusement j'orne des minuties.

  J'ennoblis bien des inepties,

  J'ennoblis aussi bien des Grands.

J'ai plus d'un fauteuil en Sorbonne,
Plus d'une chaire à l'Université ;
Mais ma première place est dans la Faculté,
Et ma seconde auprès du trône.
Malheur aux Souverains dont je suis consulté !
Jacques second pleura de m'avoir écouté.
D'un Roi contemporain la grandeur colossale
Avoit trop ébloui ses yeux.
Je guidai par momens ce Roi si glorieux :
Il empruntoit de moi sa marche théâtrale,
Mais le génie étoit son flambeau, son appui.
Qu'il représentoit bien la majesté royale !
Il jouoit d'après moi, gouvernoit d'après lui.

Hélas ! qui n'aime un peu de pompe ?
Le croiroit-on ? Le sentiment,
Ce langage si pur, si naïf, si charmant,
Le sentiment aujourd'hui trompe !
J'ai su le rendre faux, extrême, violent,
Il se croiroit glacé, s'il n'étoit pas brûlant.
J'apprends à l'éloquence à composer ses charmes.
J'apprends à la douleur à prolonger ses larmes.
J'apprends à Melpomène à gémir en hurlant.

Grands Dieux! que j'ai changé cette Muse décente!
  De vaines décorations,
Des cachots, des bûchers, des apparitions,
  Voilà les ressorts que j'invente
  Pour tenir lieu des passions.
  Un Drame n'est plus qu'un délire :
  Il faudra désormais louer
  Les Euménides pour l'écrire,
  Les Gorgonnes pour le jouer.

  Aux yeux d'un monde énergumène
Le naturel pâlit dans sa simplicité ;
J'ai banni la raison de la société
  Et l'illusion de la scène.

  En résumé, voici les traits
  Auxquels on peut me reconnoître.
  J'aime à parler, j'aime à paroître,
  J'aime à prôner ce que je sais,
  J'aime à grossir ce que je fais ;
  J'aime à juger, j'aime à promettre ;
  J'annonce les plus beaux secrets :
  Je n'en ai qu'un, celui de mettre
  Tous les sots dans mes intérêts.

Je les associe à ma gloire,
En m'associant à leur bien.
Leur bonheur suprême est de croire;
Et m'enrichir, voilà le mien.
Venez voir dans Paris tout l'or que j'accumule,
Venez voir près de moi les Badauts attroupés :
Depuis la sainte Ampoule ils y sont attrapés :
Ce François si malin est encor plus crédule.

Tous les Peuples du globe en vérité sont fous!
Dans la coupe de la Chimère
Avidément ils boivent tous :
Le François, en riant, boiroit la coupe entière.

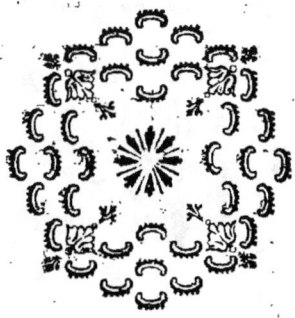

NOTES.

L'amour du merveilleux est un amour si bête !

Depuis quelque tems l'amour du merveilleux devient une passion. Non-seulement il enfante des chimères nouvelles ; mais il ressuscite toutes les anciennes. On les voit sortir de terre comme un essaim que l'on croyoit détruit pour jamais, et qui n'étoit qu'enfermé, attendant le moment de reparoître. Ni les clartés de notre siècle, ni l'expérience des siècles passés ne peuvent arrêter une multitude qui se précipite vers la barbarie. Apparemment que c'est l'état naturel de l'homme, et que la philosophie est un état violent.

Je m'enveloppe du mistère.

La lumière éprouve une réfraction en passant à travers les airs, et la vérité en passant à travers les siècles. Confiée aux prêtres, elle se couvre de nuages ; livrée aux charlatans, elle se charge d'impostures ; abandonnée au Peuple, elle s'incorpore avec tous ses préjugés.

Le Sabéisme fondé par des Astronomes, dégénéra en Astrologie judiciaire.

Les Mages qui avoient découvert la physique universelle du feu, se transformèrent en magiciens.

La science des métaux et de la Chymie se termina aux vaines recherches de la pierre philosophale et de l'immortelle panacée.

L'étude profonde et ingénieuse des rapports cachés qui lient l'univers invisible au monde extérieur, produisit l'absurde théurgie, les incantations, les fascinations, et tous ces pièges grossiers où tombe, les yeux ouverts, la crédulité humaine.

Je fondai sous le nom d'Hermès.

On compte trois Hermès. Suivant toute apparence le premier fut un étranger qui apporta en Egypte les connoissances d'un autre peuple plus éclairé. Toutes les Nations datent d'un étranger qui vint les conquérir ou les policer. Il est probable que le second Hermès a été un Egyptien doué d'un génie supérieur, qui profita des lumières du premier, et y ajouta les siennes. C'est presque toujours sous un grand homme à elle qu'une Nation s'elève par l'enthousiasme et par l'imitation, au comble de sa prospérité. Après les grands hommes viennent les grands charlatans. Il est permis de croire que le troisième Hermès en a été un. C'est à lui du moins

qu'on

qu'on rapporte toutes les institutions qui ont fait de l'Egypte entière une énigme inexplicable. C'est lui qui établit le langage hyérogliphyque, et qui couvrit tous les temples d'emblêmes mystérieux, entendus des prêtres, mais inintelligibles pour le peuple. Les symboles du savoir devinrent ceux de la superstition ; la multitude des figures produisit la multitude des Dieux, et l'on vit l'Egypte prosternée devant tous les animaux, toutes les plantes, toutes les pierres. C'est le même législateur qui institua les mystères et ces représentations imposantes que les prêtres Egyptiens faisoient en secret dans de vastes souterreins, inaccessibles aux profanes. Là on révéloit aux initiés le sens de tous les hyéroglyphes et les dogmes les plus cachés de la religion, de la physique naturelle, de la législation, de l'Astronomie, auxquels on ajoutoit toutes les fables antiques. Le Néophite, instruit de la sorte, étoit regardé comme un homme supérieur aux autres hommes, et les prêtres en le congédiant lui disoient : *A présent les puissances célestes te sont connues, l'univers t'est dévoilé, tes pieds foulent le Tartare, les astres répondent à ta voix, les saisons reviennent à tes ordres, tous les élémens se sont soumis.* L'Egypte semble avoir voulu tout

D

éterniser, jusqu'à ses momies. L'on a vu de ces momies conservées depuis quatre mille ans. Ainsi, dit le plus beau génie de l'Europe, des cadavres ont duré autant que des pyramydes.

Cette Philosophie occulte
Que j'enseignai sans cesse et n'expliquai jamais.

La Philosophie occulte renferme l'Astrologie, ou l'influence des corps célestes fur la destinée des hommes ; la magie, ou le pouvoir des génies bien-faisants & nuisibles ; les revenants, ou le commerce des morts avec les vivants ; l'Alchymie, ou les secrets tirés des éléments pour créer l'or et immortaliser la vie ; les sympathies, ou les nœuds invisibles d'une personne avec une autre ; la relation inexplicable de certains jours, de certains nombres, de certains objets, avec le bonheur ou le malheur de chaque individu ; les époques clymatériques ; enfin l'art divinatoire, ou la prétendue science des présages. Celle-ci est la branche la plus étendue de la Philosophie occulte. L'intérêt et la curiosité ont cherché par-tout des signes pour l'avenir. Le pressentiment a été regardé comme le premier prophète ; les rêves sont devenus des oracles à leur tour ; on a interrogé les trépieds, les baguettes qui n'ont

pas manqué de répondre. Le hasard est venu souvent à leur appui. De là cette foule innombrable de
pronostics absurdes qui gouvernent le paysan, le
navigateur, le joueur, la femme du peuple, celle
du monde, et quelquefois le Philosophe. Point de
peuples policés, point de peuples sauvages chez
qui l'on ne trouve ces erreurs. On essayeroit envain
de les extirper, elles repousseroient toujours. Elles
tiennent aux deux tiges les plus fécondes de notre
sensibilité, à la crainte et à l'espérance. Ces erreurs
semblent entourer de préférence le berceau du genre
humain : plus un peuple est près de la Nature, plus
il est près de ces illusions-là, parce que ce sont celles
de l'enfance.

J'appris la chasteté des prêtres Corybantes.

L'antiquité n'a point vu, la religion n'a point
produit de plus grands fanatiques que les Corybantes.
Ils se répandirent parmi toutes les Nations, marchant en troupes, chantant des hymnes en l'honneur
de Cybèle, se flagellant et dansant au son des tam-
bours, disant la bonne aventure et jouant des farces
sanglantes. Les uns prenoient des charbons ardens,
et s'imprimoient d'horribles brulures ; d'autres, armés

de couteaux, se déchiroient, se défiguroient d'une manière hideuse. Quelques autres, conduits par la même frénésie, montoient sur les rochers les plus élevés, et après avoir invoqué la Déesse qu'ils croyoient attentive à ce spectacle, ils s'élançoient dans les précipices. Si quelque chose peut surpasser ce fanatisme, c'est un usage établi au Japon. Il y a en ce pays une montagne consacrée aux Dieux Camis sur laquelle les zélés des différentes sectes vont souvent se battre. Là, parés chacun de l'image du Dieu qu'ils servent, ils s'exterminent à l'envi.

Ma ruse n'étoit pas nouvelle,
Elle a réussi chaque fois.

Minos dans la Crète, Zoroastre en Perse, Brama dans l'Inde, Hermès en Egypte, Orphée en Thrace, Pythagore en Italie, Zamolxis parmi les Scythes, Numa dans Rome, Manco-Capac au Perou, Odin dans le Nord, Mahomet au Midi, ont tous employé la charlatannerie de parler au nom des Dieux. Ils ont tous résolu le problème d'Archimède qui disoit: *Donnez-moi un point dans le ciel, et je remuerai la terre.*

Le monde croira tout après ce vol brillant.

L'exemple est la logique du peuple. Un grand

spectacle est à ses yeux un raisonnement invincible. A-t-il vu réussir une tentative merveilleuse ? il croira à toutes les tentatives chimériques. Ainsi l'invention miraculeuse des aérostats fera éclore mille faux miracles ; & pendant un siècle entier, on répétera aux Physiciens incrédules : Qui de vous auroit cru les chars aériens possibles ? Cet argument retentira dans toutes les Académies, aussi bien que sur les places publiques.

On s'occupe de toutes parts à trouver l'art de diriger les globes, conformément à celui de diriger les vaisseaux : mais il y a une grande différence : les vaisseaux navigent sur la surface des mers et des fleuves : les globes, au contraire, flottent dans l'intérieur même de l'atmosphère qui les environne de toute son étendue, et les presse de toute sa masse. Pour rendre la navigation aérienne aussi facile que la navigation maritime, il faudroit donc pouvoir s'élever sur la cime des airs. Cette difficulté me semble insurmontable ; mais il ne faut jamais désespérer de deux choses, du génie et du hasard, les deux grands Thaumaturges des sciences.

De Delphes la Prêtresse antique.

Orphée apporta les mystères de l'Égypte en

Grèce, et se fit regarder par ses habitans comme le fils d'Apollon. Il fut le premier chantre de la Mythologie. Cette Mythologie, production étrangère, se naturalisa bientôt dans ce pays, la véritable patrie de l'imagination. Inspirés par elle, les Poëtes mirent toute l'Histoire & toute la Morale en allégories charmantes. La Théologie Egyptienne n'avoit enfanté que des emblêmes tristes & obscurs: la Théologie Grecque enfanta les emblêmes les plus riaris & les plus intelligibles, divinisant tout ce qui l'enchantoit, faisant descendre sans cesse les Dieux parmi les hommes, faisant asséoir les hommes à la table des Dieux, compofant une fable pour chaque temple, érigeant un temple pour chaque fable. Il est vrai que les prêtres gâtèrent un peu l'ouvrage des poëtes; ils inventèrent, comme par-tout ailleurs, des cérémonies superstitieufes & de faux prodiges. Occupés à faire respecter les dieux, ils s'avisèrent de les faire parler, et ne pouvant créer des poëmes, ils fabriquèrent des oracles. Cette invention mit tous les peuples à leurs pieds, et tous les trésors dans leurs mains. Lorsqu'un événement fortuit couronnoit l'imposture, la réputation du temple étoit faite, ainsi que la fortune du prêtre. On a remarqué que l'oracle de Delphes, celui de Cumes, et celui de Trophonius, étoient placés tous trois dans des lieux sujets à des vapeurs qui étoient autant de baromètres. Ces vapeurs servoient à marquer les variations du tems, et à exalter l'esprit des Sÿbilles. Les premiers devins n'ont donc été que des physiciens qui annonçoient le tems. Ensuite vinrent les fourbes qui voulurent prophétiser l'avenir. La charlatanerie des oracles a été presque la seule de la Religion grecque. Les autres fausses Religions présentoient des miracles continuels qui blessoient le bon sens ; elles donnoient des spectacles terribles qui consternoient l'imagination ; elles faisoient l'apothéose des vertus obscures et quelquefois des vertus inutiles : les miracles des Grecs consistoient dans leurs métamorphoses qui étoient les rêves du génie ; leurs cérémonies religieuses étoient des fêtes riantes, des jeux publics, des scènes de poésie ou de sentiment ; ils n'associoient aux immortels que les libérateurs des peuples, ou les inventeurs des arts. Dans les autres fausses Religions, on n'auroit pas trouvé trois ou quatre tableaux à mettre sur le théâtre ; toute la Religion grecque sembloit faite pour y être exposée ; et encore aujourd'hui c'est elle qui embellit les théâtres de l'Europe.

D iv

Le Spartiate seul osa n'y rien comprendre.

Les remparts, disoit un Spartiate aux Athéniens, sont faits pour les poltrons et les oracles pour les dupes. On auroit pu ajouter à l'exemple des Spartiates celui des Thébains dont on disoit qu'ils étoient trop grossiers pour se laisser attraper. Toute nation qui n'aura qu'un grand intérêt et un grand sens, sera difficile à séduire. Un ambassadeur qui ne seroit qu'éloquent et fin, tromperoit plus aisément l'Angleterre, la France et l'Italie, qu'un seul des Treize Cantons.

> *Mon savoir étoit en systêmes,*
> *Et mes guérisons en récits.*

On s'est un peu désabusé des systêmes; mais rien ne détrompe des récits. Aristote avoit imaginé la forme syllogistique pour aider à démêler un sophisme à travers un raisonnement. Quelqu'un qui imagineroit un art de découvrir un mensonge à travers un récit, serviroit bien la raison. Règle générale, défiez-vous de tout ce que l'empirisme révèle en secret, de tout ce que la multitude exalte en public, de tout ce que les gens d'esprit racontent avec enthousiasme, de tout ce que les gens du métier accréditent avec art.

Tant de Géométrie embarrassoit la foi.

Pythagore a été le seul géomètre qui ait voulu faire une Religion. Aussi n'a-t-elle pas été reçue. Les calculs et les superstitions vont mal ensemble.

Là, dirigeant les aruspices,

L'invention des aruspices et des augures venoit des Toscans, et c'étoit encor un abus de la Physique. Le passage des oiseaux, leur vol, leurs cris, peuvent être quelquefois liés aux changemens de l'atmosphère. Les météores et tous les signes du ciel peuvent aussi marquer ces changemens. Les Toscans, grands observateurs, avoient greffé sur cette science naturelle une science chimérique. Numa transplanta leur doctrine à Rome. Tarquin ajouta à ces superstitions en achetant les livres des Sybilles; et ces livres devinrent des livres d'Etat. Troie avoit eu son Palladium; Rome, qui croyoit descendre de Troie, eut à son tour des Boucliers sacrés auxquels elle attacha l'éternité de son empire. Non contente des dieux que Numa lui avoit donnés, elle en demanda à la Grèce qui n'en fut pas avare; les fables des Grecs, leurs loix, leurs arts, leurs sciences passèrent chez les Romains. La Philosophie fut la dernière à venir. Le peuple de

Mars étoit trop superstitieux pour devenir si vîte philosophe. Ce n'est pas qu'il fut intolérant. Lorsqu'il
faisoit des conquêtes, il prenoit les trésors et laissoit
le culte établi : il changeoit les loix du peuple vain-
cu, mais jamais sa Religion. Dans son dessein d'assujettir le monde, il voulut se concilier toutes les
divinités que le monde adoroit ; il les adopta presque toutes. Chaque autel qu'il élevoit, sembloit lui
assurer un triomphe ; et pour devenir la capitale de
l'univers., Rome commença par devenir la capitale
de l'Olympe. On peut donc dire qu'aucun peuple
n'a mieux connu deux sortes de droits, le droit des
gens, et le droit des dieux, se faisant des alliés de
tous les peuples soumis, et des amis de tous les
dieux étrangers.

L'un est à la terreur, l'autre à la volupté.

C'est par la faveur que l'on monte à toutes les
places du Serrail et de la Porte Ottomanne ; mais c'est
par l'événement que l'on s'y soutient, ou que l'on
en tombe. Le grand Visir fait-il une loi dont on
murmure, il est relégué. Un Général d'armée est-il
battu, il est étranglé. Un Médecin a-t-il laissé mou-
rir une favorite ou un sultan, il est perdu et quelquefois expédié lui-même.

Quelques Ecrivains se sont faits les panégyristes de ce gouvernement : ils croyoient sans doute qu'un empire a tout, s'il a des janissaires. Des politiques le regardent aussi comme nécessaire à la balance de l'Europe : s'il contribue à conserver l'équilibre du monde, il y conserve encore mieux l'ignorance et la peste.

A présent Mesmériste.

Dans le dix-huitième siècle, un homme a paru au milieu de la Nation la plus éclairée de l'Europe, et a dit : la médecine universelle est renfermée dans mon index : mon index peut changer, améliorer toute l'économie animale, il enlève, il restitue à son gré le fluide qui nous vivifie, il fait sur le corps humain ce que le soleil fait sur les planettes qui l'environnent : il l'a dit, il l'a persuadé. C'est peut-être le fait le plus remarquable dans les quarante mille et millions de volumes qui contiendroient à peine l'histoire de nos sottises.

Oserai-je proposer ici un problème de morale à résoudre ? Si le magnétisme animal est une véritable découverte qui intéresse, comme on l'assure, toute l'humanité, ceux qui ont promis d'en garder le secret, doivent-ils le dévoiler pour le salut public ? Si au contraire cette découverte est fausse on exagérée, peuvent-ils en conscience être les complices d'une forfanterie dangéreuse, en ne la découvrant pas?

Je suis Cromwel, Chatam, Walpole.

Cromwel a été parmi les fourbes ce que Newton a été parmi les Géomètres.

Chatam, en donnant à la domination angloise un accroissement précoce et démesuré, en a, sans le vouloir, accéléré la ruine: On peut lui appliquer le vers d'Adisson sur Caton d'Utique:

Curse on his virtues, thei' ve undone his country.

Walpole se vantoit d'avoir chez lui le tarif de toutes les probités. M. Humes a essayé de justifier le système de vénalité qu'il prétend nécessaire à la balance des trois pouvoirs. Forcé de choisir entre la famine, la guerre et la peste, David choisit la peste: forcés de choisir entre le despotisme, l'anarchie et la corruption, les Anglois ont choisi la corruption.

D'un Roi contemporain la grandeur colossale.

Depuis Charlemagne aucun roi de France n'a fait une plus grande figure sur le trône que Louis XIV. Aucun roi du monde n'a dominé son siècle avec plus d'empire. En agrandissant ses États, il a su agrandir

les esprits et attacher la gloire publique à la sienne.
Si son coup d'œil ne fut pas toujours juste, c'est qu'il
portoit sur des objets qui n'étoient pas encore assez
éclairés. Il encouragea Boileau, il apprécia Molière, il
anima tout ce qui s'élevoit de grand autour de lui.
Si la prospérité le rendit superbe, l'adversité le rendit sublime. On sait le discours qu'il tint au Maréchal de Villars, avant la campagne de Dénain. Livrez
le combat à l'ennemi. Si vous êtes battu, écrivez-moi
directement. Je partirai de Versailles, et votre lettre
à la main, je traverserai Paris. Je connois le François
je vous amenerai cent mille hommes, et j'irai me
faire tuer à leur tête. A ces paroles, l'imagination
ne peut tenir en place. On seroit tenté de désirer,
avec le célèbre Chevalier Follard, que le Maréchal
de Villars eût été battu. La France auroit assisté à
la scène la plus auguste. Qu'on se représente un
Monarque, âgé de près de quatre-vingt ans, descen-
dant de son trône, pour combattre corps à corps
l'Europe liguée contre lui. Quel spectacle ! Il auroit
imprimé au caractère national une énergie toute
nouvelle. Un grand revers, soutenu avec dignité,
élève les esprits plus qu'une longue suite de triomphes.
C'est un de ces momens qui, par une effervescence
et une activité extraordinaires, préparent les révolu-

tions du monde. Si ce moment, à jamais mémorable, avoit existé, il n'auroit plus été possible, je crois, à un Bourbon d'être foible, à un François d'être léger.

J'apprends à la douleur à prolonger ses larmes.

Les longues douleurs ont quelque chose de solemnel et de sacré qui appelle l'attention et le culte de tous les hommes. Cela est si vrai que les principales religions des anciens peuples ont dû leur origine à quelqu'unes de ces longues afflictions éprouvées par de grands personnages ; le culte des Phényciens naquit des longs regrets de Vénus pour Adonis ; celui des Egyptiens, des longs regrets d'Isis pour Osiris ; celui des Phrygiens, des longs regrets de Cybèle pour Athis ; celui de la Sicile, des longs regrets de Cérès pour Proserpine. Une reine désolée et inconsolable parut au peuple une Divinité sensible et touchante.

J'apprends à Melpomène à gémir en hurlant.

Si quelque chose élève la France au-dessus de tous les royaumes du monde, c'est son théâtre. Ce seroit grand dommage de le rabaisser. En exceptant quelques Poëtes dramatiques, qui se montrent les dignes élèves de leurs prédécesseurs immortels, et

sans faire aucune allusion particulière aux autres
Ecrivains qui s'écartent de ces grands modèles , on
peut dire que la scène françoise penche vers sa dé-
cadence. L'exagération semble s'être emparée de tous
nos spectacles. Auteurs , Acteurs , Spectateurs , tous
paroissent conspirer contre le véritable genre et les
véritables principes. On a forcé , à l'Opéra, le génie
lyrique. Le choix des poëmes y dénature la musique ,
le nouveau systême de la musique y réduit à rien
les poëmes. A la comédie, on a forcé et , pour ainsi
dire , violé Thalie. Aux scènes tirées de la société ,
aux ridicules puisés dans le cœur humain , on a substi-
tué des caractères fantastiques , des intrigues extra-
vagantes. Melpomène , quoique plus respectée , s'est
vu défigurer aussi. On a forcé les moyens tragiques ;
les grandes passions ont été remplacées par des coups
de théâtre ; les grands événemens, par des aventures
romanesques ou monstrueuses. Enfin , aux merveilles
de l'art théâtral, ont succédé ses supercheries et ses
licences. Je sais qu'il faut accorder au génie une noble
liberté. Les juges pédantesques , assis sur les bornes
de la carrière , au lieu d'encourager les nouveautés brillantes ou utiles , voudroient les bannir. Les athlètes ambitieux , jaloux de se tracer une route distinguée ,

s'éloignent à perte de vue du bon chemin. J'oserois
dire aux premiers ; rétrécir la carrière, ce n'est pas
l'applanir. J'oserois dire aux seconds : déplacer la
borne, ce n'est pas la reculer. Mais tout ce qu'on
peut dire à ce sujet, est assez inutile : la chûte des
Arts est aussi rapide que leur élévation est lente. C'est
ainsi qu'à la noble simplicité de l'architecture Grecque et Romaine, succédèrent tout d'un coup les hardiesses barbares de l'architecture Arabe et Tudesque.

Aux yeux d'un monde énergumène.

L'enthousiasme est l'ivresse de l'esprit. Gardez-
vous de vouloir le détromper tandis qu'il est offusqué
par ses vapeurs. *Prédominé par ses opinions,* il
ne permet pas qu'on les discute, il s'y repose avec
délices, s'y étend avec complaisance, et s'y affermit de
toutes ses forces. Je veux, direz-vous, le troubler dans
sa fausse jouissance, je veux lui enlever une possession
imaginaire, je veux tracer autour de lui un cercle qui
l'enchaîne. On faisoit au Canada le partage de quélques
terres : un jeune sauvage sortit, tout armé, de sa hutte,
et demanda ce qu'on faisoit autour de sa demeure :
on mesure, lui répondit-on, ce qui doit t'appartenir.
Aussi-tôt il lance une flêche avec vigueur : mon
champ,

champ, cria-t-il, s'étendra jusqu'où est allée cette flèche: en voilà une toute prête pour celui qui me disputera mon terrain.

> *Dans la coupe de la chimère*
> *Avidement ils boivent tous.*

En parlant et reparlant des superstitions, je suis bien éloigné de confondre avec elles les vérités religieuses. Rien n'est plus facile à distinguer que la charlatanerie humaine et la sagesse divine.

En parlant et reparlant des chimères, je ne confonds pas non plus avec elles ces vérités physiques reléguées long-tems parmi les préjugés populaires, parce qu'on avoit perdu les faits qui leur servoient de base. En retrouvant les faits oubliés, la physique moderne a rétabli ces vérités dans leur ancien éclat. On peut les comparer à ces constellations que l'Astronomie appelle des *nebuleuses*. Dans l'éloignement, elles paroissent des taches dans le ciel; mais à l'aide du téléscope, on y découvre un amas d'etoiles.

LES ÉCHECS,

POËME.

Magnanimosque Duces, totiusque ordine genti,
Mores, et studia, et popu!os, et prælia dicam.
In tenui labor.

PRÉFACE.

L E Jeu des Échecs a été inventé, il y a plus de trois mille ans, par un fameux Brachmane, nommé Sissa. M. Bailly, qui refuse aux Indiens tout esprit d'invention, pourra-t-il s'empêcher d'admirer celui qu'ils ont mis dans un simple amusement? Il dira peut-être que les Échecs, ainsi que les arts utiles, ont été transportés aux bords du Gange du plateau de la Sibérie. En effet, ce jeu a un certain air nocturne, si, je puis parler ainsi, qui pourroit le faire croire originaire du pays des longues nuits et des hivers sédentaires. Ce qui sembleroit confirmer cette opinion, c'est qu'en fouillant un tombeau dans les déserts glacés qu'habitoient autrefois les Tschoudens, on a trouvé un jeu d'Échecs complet et très-artistement travaillé. Peut-être aussi que c'étoit une dépouille rapportée des Indes par quelqu'un de ces anciens Tartares qui conquirent tant de fois l'Asie. Quoi qu'il en soit, la description que l'on donne ici, est une véritable partie d'Échecs jouée en vers. Les Connoisseurs jugeront si l'Auteur a perdu ou gagné la partie.

E iij

AVERTISSEMENT.

Pour éviter toute confusion dans ce petit poëme, on a représenté l'un des deux Rois d'Echecs, décrivant lui-même le combat.

LES ÉCHECS,

POËME.

Les Noirs, les Blancs, jadis, se disputoient la terre.
Deux peuples de leur race éternisent la guerre :
Opposés d'intérêt ainsi que de couleur,
Égaux par le génie, égaux par la valeur,
Depuis quatre mille ans ils se battent sans cesse.
Ils sont jaloux de gloire, et non pas de richesse ;
L'avidité jamais n'a terni leurs lauriers :
Une pauvreté noble honore des guerriers.
Deux Monarques fameux, chargés de les conduire,
Triomphent tour-à-tour sans vouloir se détruire.
A mesurer leur force ils bornent leurs desseins,
Mesure délicate entre deux rois voisins.

Je suis l'un de ces rois. Les Blancs sont mon partage.
Les Noirs, de mon rival, sont l'antique héritage.

Nous possédons tous deux seize petits États,
Avec un nombre égal de chefs et de soldats.
Compagnons de fortune et freres d'origine,
Les soldats suivent tous la même discipline.
Les chefs, gardiens du peuple et défenseurs des rois,
Sont soumis dans leur marche à de sévères loix.
Dressés pour nos combats, des éléphans fidèles,
De l'un et l'autre camp protégent les deux aîles :
Moins esclaves qu'amis, ces animaux puissans
Sont notre ferme appui dans les dangers pressans.
Sur leur dos colossal des tours sont élevées,
Pour le dernier assaut sagement réservées,
Et qui frappant de loin aussi bien que de près,
Lancent sur l'ennemi d'inévitables traits.
Ainsi que nos sujets, nos reines sont guerrières.
Errant en-liberté, ces amazones fières
Exercent, sous notre ordre, un absolu pouvoir;
Leur promtitude étonne autant que leur savoir.

Turenne aimoit, dit-on, une petite armée,
A souffrir, à combattre, à vaincre accoûtumée:
Tel est le bataillon qui suit notre étendard,
Vétérans endurcis, consommés dans leur art,

Ils savent préparer la victoire, et l'attendre,
Profiter du hasard, et n'en jamais dépendre,
Aux projets médités lier ceux du moment,
Soumettre la fortune aux loix du mouvement.

Sur la foi d'un oracle, ou sur la foi d'un rêve,
Jadis les nations prenoient, quittoient le glaive :
Prêt d'aller au combat, on consultoit le sort.
Un chêne * fut long-tems le prophète du Nord ;
La Grèce interrogeoit le trépied des Sybilles :
Nous ne connoissons pas ces fables puériles,
Nous ne connoissons pas tous ces présages vains :
Le coup-d'œil, le calcul, voilà nos seuls devins.
Mais la gloire a dressé notre petit théâtre,
O vous qui m'écoutez, regardez moi combattre.

Sur une double ligne, en deux corps partagés,
En ordre de bataille on nous voit tous rangés.
Le génie attentif garde un profond silence,
Et l'aveugle Destin lui remet sa balance.....
On donne le signal, on part des deux côtés,
Les postes sont choisis, les coups sont ajustés,

---

* Le fameux chêne de Mambré.

Les premiers combattans expirent sur la place,
D'autres suivent de près et vengent leur disgrace.
Les rangs sont enfoncés, les deux camps sont ouverts,
On passe tour-à-tour des succès aux revers,
On prend, on perd un chef ; on forme, on lève un siège ;
On garde, on quitte un poste ; on dresse, on rompt un piège
Les moindres intérêts ne sont pas oubliés,
Mais à ceux de l'état ils sont sacrifiés :
La barbarie alors devenant légitime,
Pour faire une conquête, on livre une victime,
On expose un soldat pour surprendre un héros.

Tous ne sont pas formés pour les mêmes travaux.
A l'ennemi qui vient, l'un ferme le passage ;
Sur l'ennemi qui fuit, l'autre fond avec rage :
Malheur à l'imprudent qui s'engage trop loin,
Et qui de son retour a négligé le soin !
Infortuné captif, il périt sans défense.
Ses braves compagnons courent à sa vengeance,
Mais ils réglent leur marche, observant, calculant ;
Ceux-ci d'un pas rapide, et ceux-là d'un pas lent ;
Avant de l'occuper, fortifiant leur place,
Evaluant le nombre, et le tems, et l'espace,

Ils perdent l'ennemi sans se perdre avec lui,
Se ménagent par-tout un asyle, un appui,
Avec dextérité s'avancent, se replient,
Se dispersent soudain, et soudain se rallient.
Ainsi l'on voit marcher, tourner ces légions
Que Frédéric exerce aux évolutions.
Ainsi la discipline et l'art de la Tactique
Ont fait de l'héroïsme un ressort méchanique :
On mesure ses coups, on aligne ses pas,
Et la foudre elle-même obéit au compas.

Debout à mon côté, modérant son courage,
La reine, d'un front calme, a vu grossir l'orage :
Elle part, elle vole au sein des escadrons,
L'éclair sort de la nue avec des feux moins promts.
Vers mon rival tremblant d'un pas elle s'élance,
Elle revient d'un pas veiller à ma défense.
Promte à voir le péril et promte à l'éloigner,
Mettant à secourir le plaisir de régner,
Sa présence embellit mon camp et le protège,
Et sa seule valeur compose son cortège.
Tout le camp ennemi frémit à son aspect,
Et même en l'attaquant lui marque son respect.

Elle cherche des yeux sa superbe rivale :
Ainsi que leur ardeur leur puissance est égale.
Voyez-les tour-à-tour combattre, méditer,
S'exposer, se couvrir, s'avancer, s'arrêter,
Choisir un poste obscur ou prendre un vol sublime,
Au bord du précipice échapper de l'abîme,
Du voile de la ruse entourer leurs projets,
Et déchirer le voile au moment du succès.
Aux champs Thessaliens moins vive, moins brillante
Voloit, disparoissoit, revenoit Atalante ;
Moins d'orgueil éclatoit au front de Talestris ;
Moins d'art, moins de génie inspiroit Tomyris.

Dieux ! quel revers fatal menace ma couronne !
Quel deuil inattendu va désoler mon trône !
Un groupe d'ennemis sur moi s'est élancé,
J'ai rassemblé trop tard mon peuple dispersé :
La Reine accourt, la Reine affronte la tempête,
Sa tête seule, hélas ! peut garantir ma tête,
Elle n'hésite point : sans frémir en secret,
Sans laisser vers l'empire échapper un regret,
Par sa ruine même éloignant ma ruine,
Elle reçoit le coup, et tombe en héroïne.

Alceste sur la scène ainsi vient expirer,
Admète lui survit ; mais c'est pour la pleurer.

Deux héros à cheval, voltigeant dans la plaine, Les cavaliers.
Ont vu près de leur roi frapper leur souveraine.
En chevalier fidèle un d'eux court la venger.
Vers la cour ennemie il va d'un pas léger,
S'élance, et profitant d'une attaque soudaine,
A côté du monarque il enlève la reine. Double échec au roi et à la reine.
On s'assemble, on poursuit un ravisseur fatal ;
Mais prompt à s'échapper d'un combat inégal,
Sur son coursier agile il fuit de place en place.

Deux autres chefs à pied, fameux par leur audace, Les Fous.
A travers les périls marchant obliquement,
Au secours du héros s'avancent brusquement.
Ils croisent dans leur route, et l'une et l'autre armée.
Le vulgaire, jaloux de toute renommée,
Du titre de folie a payé leurs exploits :
Cette folie heureuse est le salut des rois.
Ont-ils vu l'ennemi, par une brèche ouverte,
Pénétrer dans ma cour ? Alors que tout déserte,
L'un d'eux se précipite au milieu du combat,
Et frappé sur la brèche, il délivre l'état.

Tel on vit Curtius s'élancer dans l'abîme,
L'abîme se ferma content de sa victime.

Les pions.   Tandis que mes héros affrontent le trépas,
Mes fantassins unis s'avancent pas à pas,
Et de leurs rangs serrés opposant la barrière,
Aux chefs les plus hardis ils ferment la carrière.
Ils suivent l'ordre mince, et non l'ordre profond,
Ils frappent de côté, mais ils marchent de front.
Contraints à chaque pas de s'arrêter, ils brûlent
De faire un pas de plus, et jamais ne reculent.
Un noble espoir anime et soutient leurs travaux;
Ils peuvent de soldats devenir généraux.

Un pion
à dame.   Un d'eux a-t-il forcé, par une marche heureuse,
Du monarque ennemi l'enceinte glorieuse ?
Il est proclamé chef par l'un et l'autre camp,
Et des premiers honneurs revêtus sur le champ.
Ainsi de rang en rang porté par la victoire,
Fabert s'assit enfin sur le char de la gloire.

Mars fut dans tous les tems le pere de l'honneur :
La noblesse du sang naquit de la valeur.
Des Césars, des Bourbons, c'est la tige commune.
Tous furent autrefois des soldats de fortune.

D'un nom, rendu fameux en défendant l'état,
La majesté des ans relève encore l'éclat.
Il n'en est pas ainsi d'un nom que la richesse
Ennoblit lâchement au sein de la mollesse.
Le temps ne confond point des noms si différens,
La gloire les sépare, et les place à leurs rangs :
L'art transforme en cristal le sable et la poussière,
Mais le seul diamant est fils de la lumière.

Je parle en roi guerrier, et de qui le destin
A dépendu cent fois du moindre fantassin.
Mais, pour un qui s'élève, hélas! combien succombent!
Sous des coups redoublés l'un après l'autre ils tombent :
Je déplore leur chûte, et je sens que l'état
Perd un bras nécessaire en perdant un soldat.

De moi dépend sur-tout le salut de l'empire.
Rien n'est désespéré tandis que je respire.
Contemplez cette abeille et l'essaim qui la suit,
C'est la reine, sans elle un rucher est détruit.
Un escadron ailé vient-il sous ses murailles?
Elle donne aussitôt le signal des batailles,
Tout est en l'air, tout vole au devant du trépas,
Des artisans obscurs sont tout-à-coup soldats :

Le peuple le plus doux devient le plus terrible.
Tant que la reine existe, il se montre invincible...
Elle expire, tout fuit: un seul dard meurtrier
Anéantit la reine, et le royaume entier.

Souverains, imitez cette abeille chérie:
De vos ruchers féconds protégez l'industrie;
Sur un fidèle essaim jettez un regard doux,
En bourdonnant de joie il volera vers vous.
A la fleur de tes ans, installé sur un trône
Que l'Europe contemple et la gloire environne,
Arbitre de vingt rois qu'efface ta splendeur,
Au milieu d'une cour fière de ta grandeur,
LOUIS! quelle est, dis-nous, ta volupté suprême,
Ton souverain bonheur? d'apprendre que l'on t'aime,
De voir la foule immense, environnant ton char,
Par les cris du plaisir répondre à ton regard.

Les Tours. Tant que le sort n'a pas éclairci mon armée,
Aux éléphans captifs la barrière est fermée:
L'espace est-il ouvert? ai-je besoin d'appui?
Roquer. Vers moi l'un d'eux avance et j'avance vers lui.
Là, placé sous sa garde, et presque inaccessible,
Je suis de la bataille observateur paisible.

Mais

Mais le danger approche ; alors mes éléphans
Dans la lice à leur tour s'élancent triomphans.
Colosses aguerris, forteresses mouvantes,
Leur choc impétueux, leurs manœuvres savantes
Portent de rang en rang le trouble et la terreur.
Mon émule attentif s'oppose à leur fureur.
Sur mes tours, avec art, il fait marcher les siennes,
Avec plus d'art encor je poste et joins les miennes.
Sous leur feu combiné tout s'écroule ou s'enfuit.
Le roi, réfugié dans un humble réduit,
Sur ses états déserts promène un regard sombre :
De sa grandeur passée il voit à peine une ombre.
Environné d'écueils, il cherche en vain un port ;
Mais animé bientôt d'un généreux transport,
Il s'avance superbe, et veut par son courage
Retarder ou du moins illustrer son naufrage.
Tel au camp de Pavie, entouré d'ennemis,
Aussi grand, aussi fier que s'il les eût soumis,
François Premier, au glaive abandonnant sa tête,
De l'heureux Charles-Quint effaça la conquête.

Je marche alors, suivi de tous mes généraux,
Je cherche mon rival qui s'expose en héros ;

F *

Quelques soldats encore, amis dans la disgrace,
Pressés autour de lui, signalent leur audace.
Les miens, impatients, voudroient tout ravager,
Mais je retiens leurs coups pour les mieux diriger.
Tout le peuple ignorant, accuse ma foiblesse :
Les spectateurs instruits approuvent ma sagesse.
Par de savans détours je voile mes projets.
Par des retards prudens je hâte mes succès.
Ainsi le temps soumet lentement toute chose,
Et combat en secret quand on croit qu'il repose,
Tels, préparant de loin un grand événement,
Vingt siècles font effort pour créer un moment.

Cependant mon rival est près de sa défaite :
Après avoir erré de retraite en retraite,
Après avoir perdu ses places, ses soutiens,
Il se voit dans sa fuite envelopper des miens.
Il va périr, mais non, la troupe qui l'assiège,
Respecte sa personne, en frappant son cortège.
Conserver le Monarque, est la loi de l'état ;
Le forcer à se rendre, est le droit du combat...
Échec & Il se rend, avec lui je me reconcilie ;
mat.
Et je ne souffre pas qu'un grand roi s'humilie :

Par son exemple, instruit des rigueurs du destin,
Je renferme ma joie, et je rends mon butin.
Non content de sauver l'honneur du diadême,
A reprendre son rang je l'invite moi-même ;
Il reparoît en pompe au milieu de sa cour,
Et retiré dans la lice, il triomphe à son tour.

Ainsi nous prolongeons une innocente guerre
Qui charme nos loisirs, sans désoler la terre.
L'ambition se plaît dans les combats sanglans,
Et la philosophie au combat des talens.
L'Inde fut le berceau de nos premiers ancêtres ;
Les maîtres de Platon furent aussi nos maîtres :
Le peuple qui trouva le plus savant des jeux,
Fut des peuples enfans le plus ingénieux.

Voltaire aimoit ce peuple : adorateur des sages
Qui du Gange autrefois éclairoient les rivages ;
Il chérissoit en nous un de leurs monuments ;
Il chérissoit en nous leurs doux amusements.
C'étoient aussi les siens. Nos luttes pacifiques,
Nos problêmes guerriers, nos camps géométriques,
Enchantoient ses loisirs ; et nous fûmes admis
Au nombre des savans et des rois, ses amis.

Tous les arts animoient, peuploient sa solitude;
Son esprit s'étendoit, s'enflammoit par l'étude.
Brûlant de tout savoir, sans cesse il s'instruisoit;
Brûlant de tout créer, sans cesse il produisoit.
Toutes les vérités lui sembloient nécessaires;
Il puisoit tour à tour, et versoit les lumières:
Tel un miroir ardent est prompt à renvoyer
Les clartés qu'il rassemble en son brûlant foyer.

Le seul nom de Voltaire illustre nos batailles.
A ce nom immortel je joins le tien, Noailles:
Tu soutiens notre empire; et ta vive gaité
Bannit loin de nos camps la taciturnité:
De ton génie heureux les brillantes saillies
Charment de nos calculs les longues rêveries.
O Noailles! poursuis: défends par tes bons mots
L'esprit contre l'ennui, les arts contre les sots.

L'esprit guerrier n'est pas notre seul avantage,
D'un état bien réglé nous présentons l'image,
Et de la monarchie un modèle fini.
Par l'intérêt public chez nous tout est uni.
Observez Jupiter avec ses satellites,
En ordre, autour de lui, parcourant leurs orbites:

De même, à mes sujets, je sers d'appui commun,
Chacun combat pour moi, je veille sur chacun.
J'achève un long tableau par un vœu magnifique.
Vous, Savans, méditez un jeu philofophique;
Guerriers, étudiez notre ordre martial;
Rois, apprenez de nous le pacte social.

Tandis que je chantois un fantôme de guerre, Epilogue de l'Auteur.
Le véritable Mars ensanglantoit la terre.
Vingt peuples opprimés contre un peuple oppresseur
Dans un bras de vingt ans trouvoient leur défenseur.
De nos jeunes héros un essaim magnanime,
Aux bords américains porté d'un vol sublime,
Par leur esprit aimable & leurs brillans succès,
Accoutumoit Boston au commerce françois.
Par des plans combinés préparant les conquêtes,
Par des miracles promts réparant les tempêtes,
Castre, au nom de Louis, affranchissoit les mers,
Et sous son pavillon rallioit l'univers.
Neptune indépendant remercioit la France.
Suffren du Gange aux fers hâtoit la délivrance.
La Tamise appauvrie, et réduite à ses bords,
Portoit le deuil d'un monde & pleuroit ses trésors.
Par d'invisibles nœuds associant leur trône,
Un Prince philosophe, une Reine Amazone

De l'Ottoman aveugle observoient le déclin ;
Et d'un État mourant précipitoient la fin.
La Grèce réveilloit sa liberté captive,
Et l'Europe en suspens écoutoit attentive.
De moins sanglans débats, non sans hostilités,
Divisoient dans Paris les esprits agités.
Au nom du magnétisme, une foule en extase ;
Pour Mesmer, pour, Deslon hurloit avec emphase ;
Leur index, tout-puissant dans ses inflexions,
Semoit l'enthousiasme et les convulsions.
Ils voiloient leur secret, et non pas leur discorde.
Pallas, pour une pomme, oublia la concorde :
Trop sensible de même aux refus d'Apollon,
Une dixième Muse insultoit l'Hélicon.
Des cieux, quels cris soudains font tressaillir la voûte ?
L'homme, des Immortels, ose tenter la route,
Majestueusement enlevé dans les airs,
D'un vol rapide et sûr parcourant ces déserts,
Porté comme en triomphe au-dessus des campagnes,
Des peuples, des cités, des fleuves, des montagnes,
Montgolfier dans son char paroît l'égal des dieux.
On le suit, on le cherche, on le perd dans les cieux.
La critique un instant respecte le courage ;
Le char descend à peine, elle rit du voyage.

Loin d'un monde censeur et plein d'inimitié,
Où fuir ? Près de l'Olympe, ou près de l'amitié.

Églé, dans tous les tems, vous fûtes son asyle ;
Vous savez embellir ce sentiment tranquille.
De votre caractère on ressent la douceur,
Comme on ressent le frais d'un ombrage enchanteur.
Les dieux vous ont donné cette philosophie
Qui prévient les chagrins, ou qui les pacifie.
Je vous offre ces vers ; ma Muse attache exprès
L'image de la guerre à celle de la paix.

F I N.

www.ingramcontent.com/pod-product-compliance
Lightning Source LLC
Chambersburg PA
CBHW060453260626
47161CB00005B/2079